# HÉSIODE ÉDITIONS

THÉOPHILE GAUTIER

# Arria Marcella

Hésiode éditions

© Hésiode éditions.

22 rue Gabrielle Josserand - 93500 Pantin.
ISBN 978-2-38512-230-0
Dépôt légal : Novembre 2023

*Impression Books on Demand GmbH*

*In de Tarpen 42*
*22848 Norderstedt, Allemagne*

# Arria Marcela

Trois jeunes gens, trois amis qui avaient fait ensemble le voyage d'Italie, visitaient l'année dernière le musée des Studj, à Naples, où l'on a réuni les différents objets antiques exhumés des fouilles de Pompeï et d'Herculanum.

Ils s'étaient répandus à travers les salles et regardaient les mosaïques, les bronzes, les fresques détachés des murs de la ville morte, selon que leur caprice les éparpillait, et quand l'un d'eux avait fait une rencontre curieuse, il appelait ses compagnons avec des cris de joie, au grand scandale des Anglais taciturnes et des bourgeois posés occupés à feuilleter leur livret.

Mais le plus jeune des trois, arrêté devant une vitrine, paraissait ne pas entendre les exclamations de ses camarades, absorbé qu'il était dans une contemplation profonde. Ce qu'il examinait avec tant d'attention, c'était un morceau de cendre noire coagulée portant une empreinte creuse : on eût dit un fragment de moule de statue, brisé par la fonte ; l'œil exercé d'un artiste y eût aisément reconnu la coupe d'un sein admirable et d'un flanc aussi pur de style que celui d'une statue grecque. L'on sait, et le moindre guide du voyageur vous l'indique, que cette lave, refroidie autour du corps d'une femme, en a gardé le contour charmant. Grâce au caprice de l'éruption qui a détruit quatre villes, cette noble forme, tombée en poussière depuis deux mille ans bientôt, est parvenue jusqu'à nous ; la rondeur d'une gorge a traversé les siècles lorsque tant d'empires disparus n'ont pas laissé de trace ! Ce cachet de beauté, posé par le hasard sur la scorie d'un volcan, ne s'est pas effacé.

Voyant qu'il s'obstinait dans sa contemplation, les deux amis d'Octavien revinrent vers lui, et Max, en le touchant à l'épaule, le fit tressaillir comme un homme surpris dans son secret. Évidemment Octavien n'avait entendu venir ni Max ni Fabio.

« Allons, Octavien, dit Max, ne t'arrête pas ainsi des heures entières à chaque armoire, ou nous allons manquer l'heure du chemin de fer, et nous ne verrons pas Pompeï aujourd'hui.

– Que regarde donc le camarade ? ajouta Fabio, qui s'était rapproché. Ah ! l'empreinte trouvée dans la maison d'Arrius Diomèdes. » Et il jeta sur Octavien un coup d'œil rapide et singulier.

Octavien rougit faiblement, prit le bras de Max, et la visite s'acheva sans autre incident. En sortant des Studj, les trois amis montèrent dans un corricolo et se firent mener à la station du chemin de fer. Le corricolo, avec ses grandes roues rouges, son strapontin constellé de clous de cuivre, son cheval maigre et plein de feu, harnaché comme une mule d'Espagne, courant au galop sur les larges dalles de lave, est trop connu pour qu'il soit besoin d'en faire la description ici, et d'ailleurs nous n'écrivons pas des impressions de voyage sur Naples, mais le simple récit d'une aventure bizarre et peu croyable, quoique vraie.

Le chemin de fer par lequel on va à Pompeï longe presque toujours la mer, dont les longues volutes d'écume viennent se dérouler sur un sable noirâtre qui ressemble à du charbon tamisé. Ce rivage, en effet, est formé de coulées de lave et de cendres volcaniques, et produit, par son ton foncé, un contraste avec le bleu du ciel et le bleu de l'eau ; parmi tout cet éclat, la terre seule semble retenir l'ombre.

Les villages que l'on traverse ou que l'on côtoie, Portici, rendu célèbre par l'opéra de M. Auber, Resina, Torre del Greco, Torre dell' Annunziata, dont on aperçoit en passant les maisons à arcades et les toits en terrasses, ont, malgré l'intensité du soleil et le lait de chaux méridional, quelque chose de plutonien et de ferrugineux comme Manchester et Birmingham ; la poussière y est noire, une suie impalpable s'y accroche à tout ; on sent que la grande forge du Vésuve halète et fume à deux pas de là.

Les trois amis descendirent à la station de Pompeï, en riant entre eux du mélange d'antique et de moderne que présentent naturellement à l'esprit ces mots : Station de Pompéï. Une ville gréco-romaine et un débarcadère de railway !

Ils traversèrent le champ planté de cotonniers, sur lequel voltigeaient quelques bourres blanches, qui sépare le chemin de fer de l'emplacement de la ville déterrée, et prirent un guide à l'osteria bâtie en dehors des anciens remparts, ou, pour parler plus correctement, un guide les prit. Calamité qu'il est difficile de conjurer en Italie.

Il faisait une de ces heureuses journées si communes à Naples, où par l'éclat du soleil et la transparence de l'air les objets prennent des couleurs qui semblent fabuleuses dans le Nord, et paraissent appartenir plutôt au monde du rêve qu'à celui de la réalité. Quiconque a vu une fois cette lumière d'or et d'azur en emporte au fond de sa brume une incurable nostalgie.

La ville ressuscitée, ayant secoué un coin de son linceul de cendre, ressortait avec ses mille détails sous un jour aveuglant. Le Vésuve découpait dans le fond son cône sillonné de stries de laves bleues, roses, violettes, mordorées par le soleil. Un léger brouillard, presque imperceptible dans la lumière, encapuchonnait la crête écimée de la montagne ; au premier abord, on eût pu le prendre pour un de ces nuages qui, même par les temps les plus sereins, estompent le front des pics élevés. En y regardant de plus près, on voyait de minces filets de vapeur blanche sortir du haut du mont comme des trous d'une cassolette, et se réunir ensuite en vapeur légère. Le volcan, d'humeur débonnaire ce jour-là, fumait tout tranquillement sa pipe, et sans l'exemple de Pompéï ensevelie à ses pieds, on ne l'aurait pas cru d'un caractère plus féroce que Montmartre ; de l'autre côté, de belles collines aux lignes ondulées et voluptueuses comme des hanches de femme, arrêtaient l'horizon ; et plus loin la mer, qui autrefois apportait les birèmes et les trirèmes sous les remparts de la ville, tirait sa placide barre d'azur.

L'aspect de Pompeï est des plus surprenants ; ce brusque saut de dix-neuf siècles en arrière étonne même les natures les plus prosaïques et les moins compréhensives ; deux pas vous mènent de la vie antique à la vie moderne, et du christianisme au paganisme ; aussi, lorsque les trois amis virent ces rues où les formes d'une existence évanouie sont conservées intactes, éprouvèrent-ils, quelque préparés qu'ils y fussent par les livres et les dessins, une impression aussi étrange que profonde. Octavien surtout semblait frappé de stupeur et suivait machinalement le guide d'un pas de somnambule, sans écouter la nomenclature monotone et apprise par cœur que ce faquin débitait comme une leçon.

Il regardait d'un œil effaré ces ornières de char creusées dans le pavage cyclopéen des rues et qui paraissent dater d'hier tant l'empreinte en est fraîche ; ces inscriptions tracées en lettres rouges, d'un pinceau cursif, sur les parois des murailles : affiches de spectacle, demandes de location, formules votives, enseignes, annonces de toutes sortes, curieuses comme le serait dans deux mille ans, pour les peuples inconnus de l'avenir, un pan de mur de Paris retrouvé avec ses affiches et ses placards ; ces maisons aux toits effondrés laissant pénétrer d'un coup d'œil tous ces mystères d'intérieur, tous ces détails domestiques que négligent les historiens et dont les civilisations emportent le secret avec elles ; ces fontaines à peine taries, ce forum surpris au milieu d'une réparation par la catastrophe, et dont les colonnes, les architraves toutes taillées, toutes sculptées, attendent dans leur pureté d'arête qu'on les mette en place ; ces temples voués à des dieux passés à l'état mythologique et qui alors n'avaient pas un athée ; ces boutiques où ne manque que le marchand ; ces cabarets où se voit encore sur le marbre la tache circulaire laissée par la tasse des buveurs ; cette caserne aux colonnes peintes d'ocre et de minium que les soldats ont égratignée de caricatures de combattants, et ces doubles théâtres de drame et de chant juxtaposés, qui pourraient reprendre leurs représentations, si la troupe qui les desservait, réduite à l'état d'argile, n'était pas occupée, peut-être, à luter le bondon d'un tonneau de bière ou à boucher une fente de mur, comme la poussière d'Alexandre et de César, selon la mélancolique réflexion d'Hamlet.

Fabio monta sur le thymelé du théâtre tragique tandis qu'Octavien et Max grimpaient jusqu'en haut des gradins, et là il se mit à débiter avec force gestes les morceaux de poésie qui lui venaient à la tête, au grand effroi des lézards, qui se dispersaient en frétillant de la queue et en se tapissant dans les fentes des assises ruinées ; et quoique les vases d'airain ou de terre, destinés à répercuter les sons, n'existassent plus, sa voix n'en résonnait pas moins pleine et vibrante.

Le guide les conduisit ensuite, à travers les cultures qui recouvrent les portions de Pompeï encore ensevelies, à l'amphithéâtre, situé à l'autre extrémité de la ville. Ils marchèrent sous ces arbres dont les racines plongent dans les toits des édifices enterrés, en disjoignent les tuiles, en fendent les plafonds, en disloquent les colonnes, et passèrent par ces champs où de vulgaires légumes fructifient sur des merveilles d'art, matérielles images de l'oubli que le temps déploie sur les plus belles choses.

L'amphithéâtre ne les surprit pas. Ils avaient vu celui de Vérone, plus vaste et aussi bien conservé, et ils connaissaient la disposition de ces arènes antiques aussi familièrement que celle des places de taureaux en Espagne, qui leur ressemblent beaucoup, moins la solidité de la construction et la beauté des matériaux.

Ils revinrent donc sur leurs pas, gagnèrent par un chemin de traverse la rue de la Fortune, écoutant d'une oreille distraite le cicerone, qui en passant devant chaque maison la nommait du nom qui lui a été donné lors de sa découverte, d'après quelque particularité caractéristique : – la maison du Taureau de bronze, la maison du Faune, la maison du Vaisseau, le temple de la Fortune, la maison de Méléagre, la taverne de la Fortune à l'angle de la rue Consulaire, l'académie de Musique, le Four banal, la Pharmacie, la boutique du Chirurgien, la Douane, l'habitation des Vestales, l'auberge d'Albinus, les Thermopoles, et ainsi de suite jusqu'à la porte qui conduit à la voie des Tombeaux.

Cette porte en briques, recouverte de statues, et dont les ornements ont disparu, offre dans son arcade intérieure deux profondes rainures destinées à laisser glisser une herse, comme un donjon du moyen âge à qui l'on aurait cru ce genre de défense particulier.

« Qui aurait soupçonné, dit Max à ses amis, Pompeï, la ville gréco-latine, d'une fermeture aussi romantiquement gothique ? Vous figurez-vous un chevalier romain attardé, sonnant du cor devant cette porte pour se faire lever la herse, comme un page du quinzième siècle ?

– Rien n'est nouveau sous le soleil, répondit Fabio, et cet aphorisme lui-même n'est pas neuf, puisqu'il a été formulé par Salomon.

– Peut-être y a-t-il du nouveau sous la lune ! continua Octavien en souriant avec une ironie mélancolique.

– Mon cher Octavien, dit Max, qui pendant cette petite conversation s'était arrêté devant une inscription tracée à la rubrique sur la muraille extérieure, veux-tu voir des combats de gladiateurs ? – Voici les affiches : – Combat et chasse pour le 5 des nones d'avril, – les mâts seront dressés, – vingt paires de gladiateurs lutteront aux nones, – et si tu crains pour la fraîcheur de ton teint, rassure-toi, on tendra les voiles ; – à moins que tu ne préfères te rendre à l'amphithéâtre de bonne heure, ceux-ci se couperont la gorge le matin – *matutini erunt* ; on n'est pas plus complaisant. »

En devisant de la sorte, les trois amis suivaient cette voie bordée de sépulcres qui, dans nos sentiments modernes, serait une lugubre avenue pour une ville, mais qui n'offrait pas les mêmes significations tristes pour les anciens, dont les tombeaux, au lieu d'un cadavre horrible, ne contenaient qu'une pincée de cendres, idée abstraite de la mort. L'art embellissait ces dernières demeures, et, comme dit Gœthe, le païen décorait des images de la vie les sarcophages et les urnes.

C'est ce qui faisait sans doute que Max et Fabio visitaient, avec une curiosité allègre et une joyeuse plénitude d'existence qu'ils n'auraient pas eues dans un cimetière chrétien, ces monuments funèbres si gaiement dorés par le soleil et qui, placés sur le bord du chemin, semblent se rattacher encore à la vie et n'inspirent aucune de ces froides répulsions, aucune de ces terreurs fantastiques que font éprouver nos sépultures lugubres. Ils s'arrêtèrent devant le tombeau de Mammia, la prêtresse publique, près duquel est poussé un arbre, un cyprès ou un peuplier ; ils s'assirent dans l'hémicycle du triclinium des repas funéraires, riant comme des héritiers ; ils lurent avec force lazzi les épitaphes de Nevoleja, de Labeon et de la famille Arria, suivis d'Octavien, qui semblait plus touché que ses insouciants compagnons du sort de ces trépassés de deux mille ans.

Ils arrivèrent ainsi à la villa d'Arrius Diomèdes, une des habitations les plus considérables de Pompéï. On y monte par des degrés de briques, et lorsqu'on a dépassé la porte flanquée de deux petites colonnes latérales, on se trouve dans une cour semblable au patio qui fait le centre des maisons espagnoles et moresques et que les anciens appelaient impluvium ou cavædium ; quatorze colonnes de briques recouvertes de stuc forment, des quatre côtés, un portique ou péristyle couvert, semblable au cloître des couvents, et sous lequel on pouvait circuler sans craindre la pluie. Le pavé de cette cour est une mosaïque de briques et de marbre blanc, d'un effet doux et tendre à l'œil. Dans le milieu, un bassin de marbre quadrilatère, qui existe encore, recevait les eaux pluviales qui dégouttaient du toit du portique. – Cela produit un singulier effet d'entrer ainsi dans la vie antique et de fouler avec des bottes vernies des marbres usés par les sandales et les cothurnes des contemporains d'Auguste et de Tibère.

Le cicerone les promena dans l'exèdre ou salon d'été, ouvert du côté de la mer pour en aspirer les fraîches brises. C'était là qu'on recevait et qu'on faisait la sieste pendant les heures brûlantes, quand soufflait ce grand zéphyr africain chargé de langueurs et d'orages. Il les fit entrer dans la basilique, longue galerie à jour qui donne de la lumière aux appartements et où les visiteurs et les clients attendaient que le nomenclateur les appelât ; il les conduisit ensuite sur la terrasse de marbre blanc d'où la vue s'étend sur les jardins verts et sur la mer bleue ; puis il leur fit voir le nymphæum ou salle de bains, avec ses murailles peintes en jaune, ses colonnes de stuc, son pavé de mosaïque et sa cuve de marbre qui reçut tant de corps charmants évanouis comme des ombres ; – le cubiculum, où flottèrent tant de rêves venus de la porte d'ivoire, et dont les alcôves pratiquées dans le mur étaient fermées par un conopeum ou rideau dont les anneaux de bronze gisent encore à terre ; le tétrastyle ou salle de récréation, la chapelle des dieux lares, le cabinet des archives, la bibliothèque, le musée des tableaux, le gynécée ou appartement des femmes, composé de petites chambres en partie ruinées, dont les parois conservent des traces de peintures et d'arabesques comme des joues dont on a mal essuyé le fard.

Cette inspection terminée, ils descendirent à l'étage inférieur, car le sol est beaucoup plus bas du côté du jardin que du côté de la voie des Tombeaux ; ils traversèrent huit salles peintes en rouge antique, dont l'une est creusée de niches architecturales, comme on en voit au vestibule de la salle des Ambassadeurs à l'Alhambra, et ils arrivèrent enfin à une espèce de cave ou de cellier dont la destination était clairement indiquée par huit amphores d'argile dressées contre le mur et qui avaient dû être parfumées de vin de Crète, de Falerne et de Massique comme des odes d'Horace.

Un vif rayon de jour passait par un étroit soupirail obstrué d'orties, dont il changeait les feuilles traversées de lumières en émeraudes et en topazes, et ce gai détail naturel souriait à propos à travers la tristesse du lieu.

« C'est ici, dit le cicerone de sa voix nonchalante, dont le ton s'accordait à peine avec le sens des paroles, que l'on trouva, parmi dix-sept squelettes, celui de la dame dont l'empreinte se voit au musée de Naples. Elle avait des anneaux d'or, et les lambeaux de sa fine tunique adhéraient encore aux cendres tassées qui ont gardé sa forme. »

Les phrases banales du guide causèrent une vive émotion à Octavien. Il se fit montrer l'endroit exact où ces restes précieux avaient été découverts, et s'il n'eût été contenu par la présence de ses amis, il se serait livré à quelque lyrisme extravagant ; sa poitrine se gonflait, ses yeux se trempaient de furtives moiteurs : cette catastrophe, effacée par vingt siècles d'oubli, le touchait comme un malheur tout récent ; la mort d'une maîtresse ou d'un ami ne l'eût pas affligé davantage, et une larme en retard de deux mille ans tomba, pendant que Max et Fabio avaient le dos tourné, sur la place où cette femme, pour laquelle il se sentait pris d'un amour rétrospectif, avait péri étouffée par la cendre chaude du volcan.

« Assez d'archéologie comme cela ! s'écria Fabio ; nous ne voulons pas écrire une dissertation sur une cruche ou une tuile du temps de Jules César pour devenir membres d'une académie de province, ces souvenirs classiques me creusent l'estomac. Allons dîner, si toutefois la chose est possible, dans cette osteria pittoresque, où j'ai peur qu'on ne nous serve que des beefsteaks fossiles et des œufs frais pondus avant la mort de Pline.

– Je ne dirai pas comme Boileau :

Un sot, quelquefois, ouvre un avis important…

fit Max en riant, ce serait malhonnête ; mais cette idée a du bon. Il eût été pourtant plus joli de festiner ici, dans un triclinium quelconque, couchés à l'antique, servis par des esclaves, en manière de Lucullus ou de Trimalcion. Il est vrai que je ne vois pas beaucoup d'huîtres du lac Lucrin ; les turbots et les rougets de l'Adriatique sont absents ; le sanglier d'Apulie manque sur le marché ; les pains et les gâteaux au miel figurent au musée de Naples aussi durs que des pierres à côté de leurs moules vert-de-grisés ; le macaroni cru, saupoudré de cacio-cavallo, et quoiqu'il soit détestable, vaut encore mieux que le néant. Qu'en pense le cher Octavien ? »

Octavien, qui regrettait fort de ne pas s'être trouvé à Pompeï le jour de l'éruption du Vésuve pour sauver la dame aux anneaux d'or et mériter ainsi son amour, n'avait pas entendu une phrase de cette conversation gastronomique. Les deux derniers mots prononcés par Max le frappèrent seuls, et comme il n'avait pas envie d'entamer une discussion, il fit, à tout hasard, un signe d'assentiment, et le groupe amical reprit, en côtoyant les remparts, le chemin de l'hôtellerie.

L'on dressa la table sous l'espèce de porche ouvert qui sert de vestibule à l'osteria, et dont les murailles, crépies à la chaux, étaient décorées de quelques croûtes qualifiées par l'hôte : Salvator Rosa, Espagnolet, cavalier Massimo et autres noms célèbres de l'école napolitaine, qu'il se crut obligé d'exalter.

« Hôte vénérable, dit Fabio, ne déployez pas votre éloquence en pure perte. Nous ne sommes pas des Anglais, et nous préférons les jeunes filles aux vieilles toiles. Envoyez-nous plutôt la liste de vos vins par cette belle brune, aux yeux de velours, que j'ai aperçue dans l'escalier. »

Le palforio, comprenant que ses hôtes n'appartenaient pas au genre mystifiable des philistins et des bourgeois, cessa de vanter sa galerie pour glorifier sa cave. D'abord, il avait tous les vins des meilleurs crus : château-Margaux, grand-Laffitte retour des Indes, sillery de Moët, hochmeyer, scarlat-wine, porto et porter, ale et gingerbeer, lacryma-christi blanc et rouge, capri et falerne.

« Quoi ! tu as du vin de Falerne, animal, et tu le mets à la fin de ta nomenclature ; tu nous fais subir une litanie œnologique insupportable, dit Max en sautant à la gorge de l'hôtelier avec un mouvement de fureur comique ; mais tu n'as donc pas le sentiment de la couleur locale ? tu es donc indigne de vivre dans ce voisinage antique ? Est-il bon au moins, ton falerne ? a-t-il été mis en amphore sous le consul Plancus ? – consule Planco.

– Je ne connais pas le consul Plancus, et mon vin n'est pas mis en amphore, mais il est vieux et coûte dix carlins la bouteille, » répondit l'hôte.

Le jour était tombé et la nuit était venue, nuit sereine et transparente, plus claire, à coup sûr, que le plein midi de Londres ; la terre avait des tons d'azur et le ciel des reflets d'argent d'une douceur inimaginable ; l'air était si tranquille que la flamme des bougies posées sur la table n'oscillait même pas.

Un jeune garçon jouant de la flûte s'approcha de la table et se tint debout, fixant ses yeux sur les trois convives, dans une attitude de bas-relief, et soufflant dans son instrument aux sons doux et mélodieux quelqu'une de ces cantilènes populaires en mode mineur dont le charme est pénétrant.

Peut-être ce garçon descendait en droite ligne du flûteur qui précédait Duilius.

« Notre repas s'arrange d'une façon assez antique ; il ne nous manque que des danseuses gaditanes et des couronnes de lierre, dit Fabio en se versant une large rasade de vin de Falerne.

– Je me sens en veine de faire des citations latines comme un feuilleton des Débats ; il me revient des strophes d'ode, ajouta Max.

– Garde-les pour toi, s'écrièrent Octavien et Fabio, justement alarmés ; rien n'est indigeste comme le latin à table. »

La conversation entre jeunes gens qui, le cigare à la bouche, le coude sur la table, regardent un certain nombre de flacons vidés, surtout lorsque le vin est capiteux, ne tarde pas à tourner sur les femmes. Chacun exposa son système, dont voici à peu près le résumé.

Fabio ne faisait cas que de la beauté et de la jeunesse. Voluptueux et positif, il ne se payait pas d'illusions et n'avait en amour aucun préjugé. Une paysanne lui plaisait autant qu'une duchesse, pourvu qu'elle fût belle ; le corps le touchait plus que la robe ; il riait beaucoup de certains de ses amis amoureux de quelques mètres de soie et de dentelles, et disait qu'il serait plus logique d'être épris d'un étalage de marchand de nouveautés. Ces opinions, fort raisonnables au fond, et qu'il ne cachait pas, le faisaient passer pour un homme excentrique.

Max, moins artiste que Fabio, n'aimait, lui, que les entreprises difficiles, que les intrigues compliquées ; il cherchait des résistances à vaincre, des vertus à séduire, et conduisait l'amour comme une partie d'échecs, avec des coups médités longtemps, des effets suspendus, des surprises et des stratagèmes dignes de Polybe. Dans un salon, la femme qui paraissait avoir le moins de sympathie à son endroit était celle qu'il choisissait pour but de ses attaques ; la faire passer de l'aversion à l'amour par des transitions habiles était pour lui un plaisir délicieux ; s'imposer aux âmes qui le repoussaient, mater les volontés rebelles à son ascendant, lui semblait le plus doux des triomphes. Comme certains chasseurs qui courent les champs, les bois et les plaines par la pluie, le soleil et la neige, avec des fatigues excessives et une ardeur que rien ne rebute, pour un maigre gibier que les trois quarts du temps ils dédaignent de manger, Max, la proie atteinte, ne s'en souciait plus, et se remettait en quête presque aussitôt.

Pour Octavien, il avouait que la réalité ne le séduisait guère, non qu'il fît des rêves de collégien tout pétris de lis et de roses comme un madrigal de Demoustier, mais il y avait autour de toute beauté trop de détails prosaïques et rebutants ; trop de pères radoteurs et décorés ; de mères coquettes, portant des fleurs naturelles dans de faux cheveux ; de cousins rougeauds et méditant des déclarations ; de tantes ridicules, amoureuses de petits chiens. Une gravure à l'aqua-tinte, d'après Horace Vernet ou

Delaroche, accrochée dans la chambre d'une femme, suffisait pour arrêter chez lui une passion naissante. Plus poétique encore qu'amoureux, il demandait une terrasse de l'Isola Bella, sur le lac Majeur, par un beau clair de lune, pour encadrer un rendez-vous. Il eût voulu enlever son amour du milieu de la vie commune et en transporter la scène dans les étoiles. Aussi s'était-il épris tour à tour d'une passion impossible et folle pour tous les grands types féminins conservés par l'art ou l'histoire. Comme Faust, il avait aimé Hélène, et il aurait voulu que les ondulations des siècles apportassent jusqu'à lui une de ces sublimes personnifications des désirs et des rêves humains, dont la forme, invisible pour les yeux vulgaires, subsiste toujours dans l'espace et le temps. Il s'était composé un sérail idéal avec Sémiramis, Aspasie, Cléopâtre, Diane de Poitiers, Jeanne d'Aragon. Quelquefois aussi il aimait des statues, et un jour, en passant au Musée devant la Vénus de Milo, il s'était écrié : « Oh ! qui te rendra les bras pour m'écraser contre ton sein de marbre ? » À Rome, la vue d'une épaisse chevelure nattée exhumée d'un tombeau antique l'avait jeté dans un bizarre délire ; il avait essayé, au moyen de deux ou trois de ces cheveux obtenus d'un gardien séduit à prix d'or, et remis à une somnambule d'une grande puissance, d'évoquer l'ombre et la forme de cette morte ; mais le fluide conducteur s'était évaporé après tant d'années, et l'apparition n'avait pu sortir de la nuit éternelle.

Comme Fabio l'avait deviné devant la vitrine des Studj, l'empreinte recueillie dans la cave de la villa d'Arrius Diomèdes excitait chez Octavien des élans insensés vers un idéal rétrospectif ; il tentait de sortir du temps et de la vie, et de transposer son âme au siècle de Titus.

Max et Fabio se retirèrent dans leur chambre et, la tête un peu alourdie par les classiques fumées du falerne, ne tardèrent pas à s'endormir. Octavien, qui avait souvent laissé son verre plein devant lui, ne voulant pas troubler par une ivresse grossière l'ivresse poétique qui bouillonnait dans son cerveau, sentit à l'agitation de ses nerfs que le sommeil ne lui viendrait pas, et sortit de l'osteria à pas lents pour rafraîchir son front et calmer sa pensée à l'air de la nuit.

Ses pieds, sans qu'il en eût conscience, le portèrent à l'entrée par laquelle on pénètre dans la ville morte ; il déplaça la barre de bois qui la ferme et s'engagea au hasard dans les décombres.

La lune illuminait de sa lueur blanche les maisons pâles, divisant les rues en deux tranches de lumière argentée et d'ombre bleuâtre. Ce jour nocturne, avec ses teintes ménagées, dissimulait la dégradation des édifices. L'on ne remarquait pas, comme à la clarté crue du soleil, les colonnes tronquées, les façades sillonnées de lézardes, les toits effondrés par l'éruption ; les parties absentes se complétaient par la demi-teinte, et un rayon brusque, comme une touche de sentiment dans l'esquisse d'un tableau, indiquait tout un ensemble écroulé. Les génies taciturnes de la nuit semblaient avoir réparé la cité fossile pour quelque représentation d'une vie fantastique.

Quelquefois même Octavien crut voir se glisser de vagues formes humaines dans l'ombre ; mais elles s'évanouissaient dès qu'elles atteignaient la portion éclairée. De sourds chuchotements, une rumeur indéfinie, voltigeaient dans le silence. Notre promeneur les attribua d'abord à quelque papillonnement de ses yeux, à quelque bourdonnement de ses oreilles, — ce pouvait être aussi un jeu d'optique, un soupir de la brise marine, ou la fuite à travers les orties d'un lézard ou d'une couleuvre, car tout vit dans la nature, même la mort, tout bruit, même le silence. Cependant il éprouvait une espèce d'angoisse involontaire, un léger frisson, qui pouvait être causé par l'air froid de la nuit, et faisait frémir sa peau. Il retourna deux ou trois fois la tête ; il ne se sentait plus seul comme tout à l'heure dans la ville déserte. Ses camarades avaient-ils eu la même idée que lui, et le cherchaient-ils à travers ces ruines ? Ces formes entrevues, ces bruits indistincts de pas, était-ce Max et Fabio marchant et causant, et disparus à l'angle d'un carrefour ? Cette explication toute naturelle, Octavien comprenait à son trouble qu'elle n'était pas vraie, et les raisonnements qu'il faisait là-dessus à part lui ne le convainquaient pas. La solitude et l'ombre s'étaient peuplées d'êtres invisibles qu'il dérangeait ; il tombait au milieu d'un mystère, et l'on semblait attendre qu'il fût parti pour commencer. Telles étaient les idées extravagantes qui lui traversaient la cervelle et qui prenaient beaucoup de vraisemblance de l'heure, du lieu et de mille détails alarmants que comprendront ceux qui se sont trouvés de nuit dans quelque vaste ruine.

En passant devant une maison qu'il avait remarquée pendant le jour et sur laquelle la lune donnait en plein, il vit, dans un état d'intégrité parfaite, un portique dont il avait cherché à rétablir l'ordonnance : quatre colonnes d'ordre dorique cannelées jusqu'à mi-hauteur, et le fût enveloppé comme d'une draperie pourpre d'une teinte de minium, soutenaient une cimaise coloriée d'ornements polychromes, que le décorateur semblait avoir achevée hier ; sur la paroi latérale de la porte un molosse de Laconie, exécuté à l'encaustique et accompagné de l'inscription sacramentelle : Cave canem, aboyait à la lune et aux visiteurs avec une fureur peinte. Sur le seuil de mosaïque le mot Ave, en lettres osques et latines, saluait les hôtes de ses syllabes amicales. Les murs extérieurs, teints d'ocre et de rubrique, n'avaient pas une crevasse. La maison s'était exhaussée d'un étage, et le toit de tuiles dentelé d'un acrotère de bronze projetait son profil intact sur le bleu léger du ciel où pâlissaient quelques étoiles.

Cette restauration étrange, faite de l'après-midi au soir par un architecte inconnu, tourmentait beaucoup Octavien, sûr d'avoir vu cette maison le jour même dans un fâcheux état de ruine. Le mystérieux reconstructeur avait travaillé bien vite, car les habitations voisines avaient le même aspect récent et neuf ; tous les piliers étaient coiffés de leurs chapiteaux ; pas une pierre, pas une brique, pas une pellicule de stuc, pas une écaille de peinture ne manquaient aux parois luisantes des façades, et par l'interstice des péristyles on entrevoyait, autour du bassin de marbre du cavædium, des lauriers roses et blancs, des myrtes et des grenadiers. Tous les historiens s'étaient trompés : l'éruption n'avait pas eu lieu, ou bien l'aiguille du temps avait reculé de vingt heures séculaires sur le cadran de l'éternité.

Octavien, surpris au dernier point, se demanda s'il dormait tout debout et marchait dans un rêve. Il s'interrogea sérieusement pour savoir si la folie ne faisait pas danser devant lui ses hallucinations ; mais il fut obligé de reconnaître qu'il n'était ni endormi ni fou.

Un changement singulier avait eu lieu dans l'atmosphère ; de vagues teintes roses se mêlaient, par dégradations violettes, aux lueurs azurées de la lune ; le ciel s'éclaircissait sur les bords ; on eût dit que le jour allait paraître. Octavien tira sa montre ; elle marquait minuit. Craignant qu'elle ne fût arrêtée, il poussa le ressort de la répétition ; la sonnerie tinta douze fois : il était bien minuit, et cependant la clarté allait toujours augmentant, la lune se fondait dans l'azur de plus en plus lumineux ; le soleil se levait.

Alors Octavien, en qui toutes les idées de temps se brouillaient, put se convaincre qu'il se promenait non dans une Pompéï morte, froid cadavre de ville qu'on a tiré à demi de son linceul, mais dans une Pompéï vivante, jeune, intacte, sur laquelle n'avaient pas coulé les torrents de boue brûlante du Vésuve.

Un prodige inconcevable le reportait, lui, Français du dix-neuvième siècle, au temps de Titus, non en esprit, mais en réalité, ou faisait revenir à lui, du fond du passé, une ville détruite avec ses habitants disparus ; car un homme vêtu à l'antique venait de sortir d'une maison voisine.

Cet homme portait les cheveux courts et la barbe rasée, une tunique de couleur brune et un manteau grisâtre, dont les bouts étaient retroussés de manière à ne pas gêner sa marche ; il allait d'un pas rapide, presque cursif, et passa à côté d'Octavien sans le voir. Un panier de sparterie pendait à son bras, et il se dirigeait vers le Forum nundinarium ; – c'était un esclave, un Davus quelconque allant au marché ; il n'y avait pas à s'y tromper.

Des bruits de roues se firent entendre, et un char antique, traîné par des bœufs blancs et chargé de légumes, s'engagea dans la rue. À côté de l'attelage marchait un bouvier aux jambes nues et brûlées par le soleil, aux pieds chaussés de sandales, et vêtu d'une espèce de chemise de toile bouffant à la ceinture ; un chapeau de paille conique, rejeté derrière le dos et retenu au col par la mentonnière, laissait voir sa tête d'un type inconnu aujourd'hui, son front bas traversé de dures nodosités, ses cheveux crépus et noirs, son nez droit, ses yeux tranquilles comme ceux de ses bœufs, et son cou d'Hercule campagnard. Il touchait gravement ses bêtes de l'aiguillon, avec une pose de statue à faire tomber Ingres en extase.

Le bouvier aperçut Octavien et parut surpris, mais il continua sa route ; une fois il retourna la tête, ne trouvant pas sans doute d'explication à l'aspect de ce personnage étrange pour lui, mais laissant, dans sa placide stupidité rustique, le mot de l'énigme à de plus habiles.

Des paysans campaniens parurent aussi, poussant devant eux des ânes chargés d'outres de vin, et faisant tinter des sonnettes d'airain ; leur physionomie différait de celle des paysans d'aujourd'hui comme une médaille diffère d'un sou.

La ville se peuplait graduellement comme un de ces tableaux de diorama, d'abord déserts, et qu'un changement d'éclairage anime de personnages invisibles jusque-là.

Les sentiments qu'éprouvait Octavien avaient changé de nature. Tout à l'heure, dans l'ombre trompeuse de la nuit, il était en proie à ce malaise dont les braves ne se défendent pas, au milieu de circonstances inquiétantes et fantastiques que la raison ne peut expliquer. Sa vague terreur s'était changée en stupéfaction profonde ; il ne pouvait douter, à la netteté de leurs perceptions, du témoignage de ses sens, et cependant ce qu'il voyait était parfaitement incroyable. – Mal convaincu encore, il cherchait par la constatation de petits détails réels à se prouver qu'il n'était pas le jouet d'une hallucination. – Ce n'étaient pas des fantômes qui défilaient sous ses yeux, car la vive lumière du soleil les illuminait avec une réalité irrécusable, et leurs ombres allongées par le matin se projetaient sur les trottoirs et les murailles. – Ne comprenant rien à ce qui lui arrivait, Octavien, ravi au fond de voir un de ses rêves les plus chers accompli, ne résista plus à son aventure ; il se laissa faire à toutes ces merveilles, sans prétendre s'en rendre compte ; il se dit que puisque en vertu d'un pouvoir mystérieux il lui était donné de vivre quelques heures dans un siècle disparu, il ne perdrait pas son temps à chercher la solution d'un problème incompréhensible, et il continua bravement sa route, en regardant à droite et à gauche ce spectacle si vieux et si nouveau pour lui. Mais à quelle époque de la vie de Pompeï était-il transporté ? Une inscription d'édilité, gravée sur une muraille, lui apprit, par le nom des personnages publics, qu'on était au commencement du règne de Titus, – soit en l'an 79 de notre ère. – Une idée subite traversa l'âme d'Octavien ; la femme dont il avait admiré l'empreinte au musée de Naples devait être vivante, puisque l'éruption du Vésuve dans laquelle elle avait péri eut lieu le 24 août de cette même année ; il pouvait donc la retrouver, la voir, lui parler… Le désir fou qu'il avait ressenti à l'aspect de cette cendre moulée sur des contours divins allait peut-être se satisfaire, car rien ne devait être impossible à un amour qui avait eu la force de faire reculer le temps et passer deux fois la même heure dans le sablier de l'éternité.

Pendant qu'Octavien se livrait à ces réflexions, de belles jeunes filles se rendaient aux fontaines, soutenant du bout de leurs doigts blancs des urnes en équilibre sur leur tête ; des patriciens en toges blanches bordées de bandes de pourpre, suivis de leur cortège de clients, se dirigeaient vers le forum. Les acheteurs se pressaient autour des boutiques, toutes désignées par des enseignes sculptées et peintes, et rappelant par leur petitesse et leur forme les boutiques moresques d'Alger ; au-dessus de la plupart de ces échoppes, un glorieux phallus de terre cuite colorié et l'inscription *hic habitat felicitas* témoignaient de précautions superstitieuses contre le mauvais œil ; Octavien remarqua même une boutique d'amulettes dont l'étalage était chargé de cornes, de branches de corail bifurquées, et de petits Priapes en or, comme on en trouve encore à Naples aujourd'hui, pour se préserver de la jettature, et il se dit qu'une superstition durait plus qu'une religion.

En suivant le trottoir qui borde chaque rue de Pompeï et enlève ainsi aux Anglais la confortabilité de cette invention, Octavien se trouva face à face avec un beau jeune homme, de son âge à peu près, vêtu d'une tunique couleur de safran, et drapé d'un manteau de fine laine blanche, souple comme du cachemire. La vue d'Octavien, coiffé de l'affreux chapeau moderne, sanglé dans une mesquine redingote noire, les jambes emprisonnées dans un pantalon, les pieds pincés par des bottes luisantes, parut surprendre le jeune Pompéïen, comme nous étonnerait, sur le boulevard de Gand, un Ioway ou un Botocudo avec ses plumes, ses colliers de griffes d'ours et ses tatouages baroques. Cependant, comme c'était un jeune homme bien élevé, il n'éclata pas de rire au nez d'Octavien, et prenant en pitié ce pauvre barbare égaré dans cette ville gréco-romaine, il lui dit d'une voix accentuée et douce :

« Advena, salve. »

Rien n'était plus naturel qu'un habitant de Pompeï, sous le règne du divin empereur Titus, très-puissant et très-auguste, s'exprimât en latin, et pourtant Octavien tressaillit en entendant cette langue morte dans une bouche vivante. C'est alors qu'il se félicita d'avoir été fort en thème, et remporté des prix au concours général. Le latin enseigné par l'Université lui servit en cette occasion unique, et rappelant en lui ses souvenirs de classe, il répondit au salut du Pompéïen en style de De viris illustribus et de Selectæ è profanis, d'une façon suffisamment intelligible, mais avec un accent parisien qui fit sourire le jeune homme.

« Il te sera peut-être plus facile de parler grec, dit le Pompéïen ; je sais aussi cette langue, car j'ai fait mes études à Athènes.

– Je sais encore moins de grec que de latin, répondit Octavien ; je suis du pays des Gaulois, de Paris, de Lutèce.

– Je connais ce pays. Mon aïeul a fait la guerre dans les Gaules sous le grand Jules César. Mais quel étrange costume portes-tu ? Les Gaulois que j'ai vus à Rome n'étaient pas habillés ainsi. »

Octavien entreprit de faire comprendre au jeune Pompéien que vingt siècles s'étaient écoulés depuis la conquête de la Gaule par Jules César, et que la mode avait pu changer ; mais il y perdit son latin, et à vrai dire ce n'était pas grand'chose.

« Je me nomme Rufus Holconius, et ma maison est la tienne, dit le jeune homme ; à moins que tu ne préfères la liberté de la taverne : on est bien à l'auberge d'Albinus, près de la porte du faubourg d'Augustus Felix, et à l'hôtellerie de Sarinus, fils de Publius, près de la deuxième tour ; mais si tu veux, je te servirai de guide dans cette ville inconnue pour toi ; – tu me plais, jeune barbare, quoique tu aies essayé de te jouer de ma crédulité en prétendant que l'empereur Titus, qui règne aujourd'hui, était mort depuis deux mille ans, et que le Nazaréen, dont les infâmes sectateurs, enduits de poix, ont éclairé les jardins de Néron, trône seul en maître dans le ciel désert, d'où les grands dieux sont tombés. – Par Pollux ! ajouta-t-il en jetant les yeux sur une inscription rouge tracée à l'angle d'une rue, tu arrives à propos, l'on donne la Casina de Plaute, récemment remise au théâtre ; c'est une curieuse et bouffonne comédie qui t'amusera, n'en comprendrais-tu que la pantomime. Suis-moi, c'est bientôt l'heure, je te ferai placer au banc des hôtes et des étrangers. »

Et Rufus Holconius se dirigea du côté du petit théâtre comique que les trois amis avaient visité dans la journée.

Le Français et le citoyen de Pompéï prirent les rues de la Fontaine d'Abondance, des Théâtres, longèrent le collège et le temple d'Isis, l'atelier du statuaire, et entrèrent dans l'Odéon ou théâtre comique par un vomitoire latéral. Grâce à la recommandation d'Holconius, Octavien fut placé près du proscenium, un endroit qui répondrait à nos baignoires d'avant-scène. Tous les regards se tournèrent aussitôt vers lui avec une curiosité bienveillante, et un léger susurrement courut dans l'amphithéâtre.

La pièce n'était pas encore commencée ; Octavien en profita pour regarder la salle. Les gradins demi-circulaires, terminés de chaque côté par une magnifique patte de lion sculptée en lave du Vésuve, partaient, en s'élargissant, d'un espace vide correspondant à notre parterre, mais beaucoup plus restreint, et pavé d'une mosaïque de marbres grecs ; un gradin plus large formait, de distance en distance, une zone distinctive, et quatre escaliers correspondant aux vomitoires et montant de la base au sommet de l'amphithéâtre, le divisaient en cinq coins plus larges du haut que du bas. Les spectateurs, munis de leurs billets, consistant en petites lames d'ivoire où étaient désignés, par leurs numéros d'ordre, la travée, le coin et le gradin, avec le titre de la pièce représentée et le nom de son auteur, arrivaient aisément à leurs places. Les magistrats, les nobles, les hommes mariés, les jeunes gens, les soldats, dont on voyait luire les casques de bronze, occupaient des rangs séparés. – C'était un spectacle admirable que ces belles toges et ces larges manteaux blancs bien drapés, s'étalant sur les premiers gradins et contrastant avec les parures variées des femmes, placées au-dessus, et les capes grises des gens du peuple, relégués aux bancs supérieurs, près des colonnes qui supportent le toit, et qui laissaient apercevoir, par leurs interstices, un ciel d'un bleu intense comme le champ d'azur d'une panathénée ; – une fine pluie d'eau, aromatisée de safran, tombait des frises en gouttelettes imperceptibles et parfumait l'air qu'elle rafraîchissait. Octavien pensa aux émanations fétides qui vicient l'atmosphère de nos théâtres, si incommodes qu'on peut les considérer comme des lieux de torture, et il trouva que la civilisation n'avait pas beaucoup marché.

Le rideau, soutenu par une poutre transversale, s'abîma dans les profondeurs de l'orchestre, les musiciens s'installèrent dans leur tribune, et le Prologue parut vêtu grotesquement et la tête coiffée d'un masque difforme, adapté comme un casque.

Le Prologue, après avoir salué l'assistance et demandé les applaudissements, commença une argumentation bouffonne. « Les vieilles pièces, disait-il, étaient comme le vin qui gagne avec les années, et la Casina, chère aux vieillards, ne devait pas moins l'être aux jeunes gens ; tous pouvaient y prendre plaisir : les uns parce qu'ils la connaissaient, les autres parce qu'ils ne la connaissaient pas. La pièce avait été, du reste, remise avec soin, et il fallait l'écouter l'âme libre de tout souci, sans penser à ses dettes, ni à ses créanciers, car on n'arrête pas au théâtre ; c'était un jour heureux, il faisait beau, et les alcyons planaient sur le forum. » Puis il fit une analyse de la comédie que les acteurs allaient représenter, avec un détail qui prouve que la surprise entrait pour peu de chose dans le plaisir que les anciens prenaient au théâtre ; il raconta comment le vieillard Stalino, amoureux de sa belle esclave Casina, veut la marier à son fermier Olympio, époux complaisant qu'il remplacera dans la nuit des noces ; et comment Lycostrata, la femme de Stalino, pour contrecarrer la luxure de son vicieux mari, veut unir Casina à l'écuyer Chalinus, dans l'idée de favoriser les amours de son fils ; enfin la manière dont Stalino, mystifié, prend un jeune esclave déguisé pour Casina, qui, reconnue libre et de naissance ingénue, épouse le jeune maître, qu'elle aime et dont elle est aimée.

Le jeune Français regardait distraitement les acteurs, avec leurs masques aux bouches de bronze, s'évertuer sur la scène ; les esclaves couraient çà et là pour simuler l'empressement ; le vieillard hochait la tête et tendait ses mains tremblantes ; la matrone, le verbe haut, l'air revêche et dédaigneux, se carrait dans son importance et querellait son mari, au grand amusement de la salle. – Tous ces personnages entraient et sortaient par trois portes pratiquées dans le mur du fond et communiquant au foyer des acteurs. – La maison de Stalino occupait un coin du théâtre, et celle de son vieil ami Alcésimus lui faisait face. Ces décorations, quoique très bien peintes, étaient plutôt représentatives de l'idée d'un lieu que du lieu lui-même, comme les coulisses vagues du théâtre classique.

Quand la pompe nuptiale conduisant la fausse Casina fit son entrée sur la scène, un immense éclat de rire, comme celui qu'Homère attribue aux dieux, circula sur tous les bancs de l'amphithéâtre, et des tonnerres d'applaudissements firent vibrer les échos de l'enceinte ; mais Octavien n'écoutait plus et ne regardait plus.

Dans la travée des femmes, il venait d'apercevoir une créature d'une beauté merveilleuse. À dater de ce moment, les charmants visages qui avaient attiré son œil s'éclipsèrent comme les étoiles devant Phœbé ; tout s'évanouit, tout disparut comme dans un songe ; un brouillard estompa les gradins fourmillants de monde, et la voix criarde des acteurs semblait se perdre dans un éloignement infini.

Il avait reçu au cœur comme une commotion électrique, et il lui semblait qu'il jaillissait des étincelles de sa poitrine lorsque le regard de cette femme se tournait vers lui.

Elle était brune et pâle ; ses cheveux ondés et crespelés, noirs comme ceux de la Nuit, se relevaient légèrement vers les tempes à la mode grecque, et dans son visage d'un ton mat brillaient des yeux sombres et doux, chargés d'une indéfinissable expression de tristesse voluptueuse et d'ennui passionné ; sa bouche, dédaigneusement arquée à ses coins, protestait par l'ardeur vivace de sa pourpre enflammée contre la blancheur tranquille du masque ; son col présentait ces belles lignes pures qu'on ne retrouve à présent que dans les statues. Ses bras étaient nus jusqu'à l'épaule, et de la pointe de ses seins orgueilleux, soulevant sa tunique d'un rose mauve, partaient deux plis qu'on aurait pu croire fouillés dans le marbre par Phidias ou Cléomène.

La vue de cette gorge d'un contour si correct, d'une coupe si pure, troubla magnétiquement Octavien ; il lui sembla que ces rondeurs s'adaptaient parfaitement à l'empreinte en creux du musée de Naples, qui l'avait jeté dans une si ardente rêverie, et une voix lui cria au fond du cœur que cette femme était bien la femme étouffée par la cendre du Vésuve à la villa d'Arrius Diomèdes. Par quel prodige la voyait-il vivante, assistant à la représentation de la Casina de Plaute ? Il ne chercha pas à se l'expliquer ; d'ailleurs, comment était-il là lui-même ? Il accepta sa présence comme dans le rêve on admet l'intervention de personnes mortes depuis longtemps et qui agissent pourtant avec les apparences de la vie ; d'ailleurs son émotion ne lui permettait aucun raisonnement. Pour lui, la roue du temps était sortie de son ornière, et son désir vainqueur choisissait sa place parmi les siècles écoulés ! Il se trouvait face à face avec sa chimère, une des plus insaisissables, une chimère rétrospective. Sa vie se remplissait d'un seul coup.

En regardant cette tête si calme et si passionnée, si froide et si ardente, si morte et si vivace, il comprit qu'il avait devant lui son premier et son dernier amour, sa coupe d'ivresse suprême ; il sentit s'évanouir comme des ombres légères les souvenirs de toutes les femmes qu'il avait cru aimer, et son âme redevenir vierge de toute émotion antérieure. Le passé disparut.

Cependant la belle Pompéïenne, le menton appuyé sur la paume de la main, lançait sur Octavien, tout en ayant l'air de s'occuper de la scène, le regard velouté de ses yeux nocturnes, et ce regard lui arrivait lourd et brûlant comme un jet de plomb fondu. Puis elle se pencha vers l'oreille d'une fille assise à son côté.

La représentation s'acheva ; la foule s'écoula par les vomitoires. Octavien, dédaignant les bons offices de son guide Holconius, s'élança par la première sortie qui s'offrit à ses pas. À peine eut-il atteint la porte, qu'une main se posa sur son bras et qu'une voix féminine lui dit d'un ton bas, mais de manière à ce qu'il ne perdît pas un mot :

« Je suis Tyché Novoleja, commise aux plaisirs d'Arria Marcella, fille d'Arrius Diomèdes. Ma maîtresse vous aime, suivez-moi. »

Arria Marcella venait de monter dans sa litière portée par quatre forts esclaves syriens nus jusqu'à la ceinture, et faisant miroiter au soleil leurs torses de bronze. Le rideau de la litière s'entr'ouvrit, et une main pâle, étoilée de bagues, fit un signe amical à Octavien, comme pour confirmer les paroles de la suivante. Le pli de pourpre retomba, et la litière s'éloigna au pas cadencé des esclaves.

Tyché fit passer Octavien par des chemins détournés, coupant les rues en posant légèrement le pied sur les pierres espacées qui relient les trottoirs et entre lesquelles roulent les roues des chars, et se dirigeant à travers le dédale avec la précision que donne la familiarité d'une ville. Octavien remarqua qu'il franchissait des quartiers de Pompéi que les fouilles n'ont pas découverts, et qui lui étaient en conséquence complètement inconnus. Cette circonstance étrange parmi tant d'autres ne l'étonna pas. Il était décidé à ne s'étonner de rien. Dans toute cette fantasmagorie archaïque, qui eût fait devenir un antiquaire fou de bonheur, il ne voyait plus que l'œil noir et profond d'Arria Marcella et cette gorge superbe victorieuse des siècles, et que la destruction même a voulu conserver.

Ils arrivèrent à une porte dérobée, qui s'ouvrit et se ferma aussitôt, et Octavien se trouva dans une cour entourée de colonnes de marbre grec d'ordre ionique peintes jusqu'à la moitié de leur hauteur, d'un jaune vif, et le chapiteau relevé d'ornements rouges et bleus ; une guirlande d'aristoloche suspendait ses larges feuilles vertes en forme de cœur aux saillies de l'architecture comme une arabesque naturelle, et près d'un bassin encadré de plantes un flamant se tenait debout sur une patte, fleur de plume parmi les fleurs végétales.

Des panneaux de fresque représentant des architectures capricieuses ou des paysages de fantaisie décoraient les murailles. Octavien vit tous ces détails d'un coup d'œil rapide, car Tyché le remit aux mains des esclaves baigneurs qui firent subir à son impatience toutes les recherches des thermes antiques. Après avoir passé par les différents degrés de chaleur vaporisée, supporté le racloir du strigillaire, senti ruisseler sur lui les cosmétiques et les huiles parfumées, il fut revêtu d'une tunique blanche, et retrouva à l'autre porte Tyché, qui lui prit la main et le conduisit dans une autre salle extrêmement ornée.

Sur le plafond étaient peints, avec une pureté de dessin, un éclat de coloris et une liberté de touche qui sentaient le grand maître et non plus le simple décorateur à l'adresse vulgaire, Mars, Vénus et l'Amour ; une frise composée de cerfs, de lièvres et d'oiseaux se jouant parmi les feuillages régnait au-dessus d'un revêtement de marbre cipolin ; la mosaïque du pavé, travail merveilleux dû peut-être à Sosimus de Pergame, représentait des reliefs de festin exécutés avec un art qui faisait illusion.

Au fond de la salle, sur un biclinium ou lit à deux places, était accoudée Arria Marcella dans une pose voluptueuse et sereine qui rappelait la femme couchée de Phidias sur le fronton du Parthénon ; ses chaussures, brodées de perles, gisaient au bas du lit, et son beau pied nu, plus pur et plus blanc que le marbre, s'allongeait au bout d'une légère couverture de byssus jetée sur elle.

Deux boucles d'oreilles faites en forme de balance et portant des perles sur chaque plateau tremblaient dans la lumière au long de ses joues pâles ; un collier de boules d'or, soutenant des grains allongés en poire, circulait sur sa poitrine laissée à demi découverte par le pli négligé d'un peplum de couleur paille bordé d'une grecque noire ; une bandelette noir et or passait et luisait par places dans ses cheveux d'ébène, car elle avait changé de costume en revenant du théâtre ; et autour de son bras, comme l'aspic autour du bras de Cléopâtre, un serpent d'or, aux yeux de pierreries, s'enroulait à plusieurs reprises et cherchait à se mordre la queue.

Une petite table à pieds de griffon, incrustée de nacre, d'argent et d'ivoire, était dressée près du lit à deux places, chargée de différents mets servis dans des plats d'argent et d'or ou de terre émaillée de peintures précieuses. On y voyait un oiseau du Phase couché dans ses plumes, et divers fruits que leurs saisons empêchent de se rencontrer ensemble.

Tout paraissait indiquer qu'on attendait un hôte ; des fleurs fraîches jonchaient le sol, et les amphores de vin étaient plongées dans des urnes pleines de neige.

Arria Marcella fit signe à Octavien de s'étendre à côté d'elle sur le biclinium et de prendre part au repas ; – le jeune homme, à demi fou de surprise et d'amour, prit au hasard quelques bouchées sur les plats que lui tendaient de petits esclaves asiatiques aux cheveux frisés, à la courte tunique. Arria ne mangeait pas, mais elle portait souvent à ses lèvres un vase myrrhin aux teintes opalines rempli d'un vin d'une pourpre sombre comme du sang figé ; à mesure qu'elle buvait, une imperceptible vapeur rose montait à ses joues pâles, de son cœur qui n'avait pas battu depuis tant d'années ; cependant son bras nu, qu'Octavien effleura en soulevant sa coupe, était froid comme la peau d'un serpent ou le marbre d'une tombe.

« Oh ! lorsque tu t'es arrêté aux Studj à contempler le morceau de boue durcie qui conserve ma forme, dit Arria Marcella en tournant son long regard humide vers Octavien, et que ta pensée s'est élancée ardemment vers moi, mon âme l'a senti dans ce monde où je flotte invisible pour les yeux grossiers ; la croyance fait le dieu, et l'amour fait la femme. On n'est véritablement morte que quand on n'est plus aimée, ton désir m'a rendu la vie, la puissante évocation de ton cœur a supprimé les distances qui nous séparaient. »

L'idée d'évocation amoureuse qu'exprimait la jeune femme rentrait dans les croyances philosophiques d'Octavien, croyances que nous ne sommes pas loin de partager.

En effet, rien ne meurt, tout existe toujours ; nulle force ne peut anéantir ce qui fut une fois. Toute action, toute parole, toute forme, toute pensée tombée dans l'océan universel des choses y produit des cercles qui vont s'élargissant jusqu'aux confins de l'éternité. La figuration matérielle ne disparaît que pour les regards vulgaires, et les spectres qui s'en détachent peuplent l'infini. Pâris continue d'enlever Hélène dans une région inconnue de l'espace. La galère de Cléopâtre gonfle ses voiles de soie sur l'azur d'un Cydnus idéal. Quelques esprits passionnés et puissants ont pu amener à eux des siècles écoulés en apparence, et faire revivre des personnages morts pour tous. Faust a eu pour maîtresse la fille de Tyndare, et l'a conduite à son château gothique, du fond des abîmes mystérieux de l'Hadès. Octavien venait de vivre un jour sous le règne de Titus et de se faire aimer d'Arria Marcella, fille d'Arrius Diomèdes, couchée en ce moment près de lui sur un lit antique dans une ville détruite pour tout le monde.

« À mon dégoût des autres femmes, répondit Octavien, à la rêverie invincible qui m'entraînait vers ses types radieux au fond des siècles comme des étoiles provocatrices, je comprenais que je n'aimerais jamais que hors du temps et de l'espace. C'était toi que j'attendais, et ce frêle vestige conservé par la curiosité des hommes m'a par son secret magnétisme mis en rapport avec ton âme. Je ne sais si tu es un rêve ou une réalité, un fantôme ou une femme, si comme Ixion je serre un nuage sur ma poitrine abusée, si je suis le jouet d'un vil prestige de sorcellerie, mais ce que je sais bien, c'est que tu seras mon premier et mon dernier amour.

– Qu'Éros, fils d'Aphrodite, entende ta promesse, dit Arria Marcella en inclinant sa tête sur l'épaule de son amant qui la souleva avec une étreinte passionnée. Oh ! serre-moi sur ta jeune poitrine, enveloppe-moi de ta tiède haleine, j'ai froid d'être restée si longtemps sans amour. » Et contre son cœur Octavien sentait s'élever et s'abaisser ce beau sein, dont le matin même il admirait le moule à travers la vitre d'une armoire de musée ; la fraîcheur de cette belle chair le pénétrait à travers sa tunique et le faisait brûler. La bandelette or et noir s'était détachée de la tête d'Arria passionnément renversée, et ses cheveux se répandaient comme un fleuve noir sur l'oreiller bleu.

Les esclaves avaient emporté la table. On n'entendit plus qu'un bruit confus de baisers et de soupirs. Les cailles familières, insouciantes de cette scène amoureuse, picoraient sur le pavé de mosaïque les miettes du festin en poussant de petits cris.

Tout à coup les anneaux d'airain de la portière qui fermait la chambre glissèrent sur leur tringle, et un vieillard d'aspect sévère et drapé dans un ample manteau brun parut sur le seuil. Sa barbe grise était séparée en deux pointes comme celle des Nazaréens, son visage semblait sillonné par la fatigue des macérations : une petite croix de bois noir pendait à son col et ne laissait aucun doute sur sa croyance : il appartenait à la secte, toute récente alors, des disciples du Christ.

À son aspect, Arria Marcella, éperdue de confusion, cacha sa figure sous un pli de son manteau, comme un oiseau qui met la tête sous son aile en face d'un ennemi qu'il ne peut éviter, pour s'épargner au moins l'horreur de le voir ; tandis qu'Octavien, appuyé sur son coude, regardait avec fixité le personnage fâcheux qui entrait ainsi brusquement dans son bonheur.

« Arria, Arria, dit le personnage austère d'un ton de reproche, le temps de ta vie n'a-t-il pas suffi à tes déportements, et faut-il que tes infâmes amours empiètent sur les siècles qui ne t'appartiennent pas ? Ne peux-tu laisser les vivants dans leur sphère ? ta cendre n'est donc pas encore refroidie depuis le jour où tu mourus sans repentir sous la pluie de feu du volcan ? Deux mille ans de mort ne t'ont donc pas calmée, et tes bras voraces attirent sur ta poitrine de marbre, vide de cœur, les pauvres insensés enivrés par tes philtres.

– Arrius, grâce, mon père, ne m'accablez pas, au nom de cette religion morose qui ne fut jamais la mienne ; moi, je crois à nos anciens dieux qui aimaient la vie, la jeunesse, la beauté, le plaisir ; ne me replongez pas dans le pâle néant. Laissez-moi jouir de cette existence que l'amour m'a rendue.

– Tais-toi, impie, ne me parle pas de tes dieux qui sont des démons. Laisse aller cet homme enchaîné par tes impures séductions ; ne l'attire plus hors du cercle de sa vie que Dieu a mesurée ; retourne dans les limbes du paganisme avec tes amants asiatiques, romains ou grecs. Jeune chrétien, abandonne cette larve qui te semblerait plus hideuse qu'Empouse et Phorkyas, si tu la pouvais voir telle qu'elle est. »

Octavien, pâle, glacé d'horreur, voulut parler ; mais sa voix resta attachée à son gosier, selon l'expression virgilienne.

« M'obéiras-tu, Arria ? s'écria impérieusement le grand vieillard.

– Non, jamais, » répondit Arria, les yeux étincelants, les narines dilatées, les lèvres frémissantes, en entourant le corps d'Octavien de ses beaux bras de statue, froids, durs et rigides comme le marbre. Sa beauté furieuse, exaspérée par la lutte, rayonnait avec un éclat surnaturel à ce moment suprême, comme pour laisser à son jeune amant un inéluctable souvenir.

« Allons, malheureuse, reprit le vieillard, il faut employer les grands moyens, et rendre ton néant palpable et visible à cet enfant fasciné, » et il prononça d'une voix pleine de commandement une formule d'exorcisme qui fit tomber des joues d'Arria les teintes pourprées que le vin noir du vase myrrhin y avait fait monter.

En ce moment, la cloche lointaine d'un des villages qui bordent la mer ou des hameaux perdus dans les plis de la montagne fit entendre les premières volées de la Salutation angélique.

À ce son, un soupir d'agonie sortit de la poitrine brisée de la jeune femme. Octavien sentit se desserrer les bras qui l'entouraient ; les draperies qui la couvraient se replièrent sur elles-mêmes, comme si les contours qui les soutenaient se fussent affaissés, et le malheureux promeneur nocturne ne vit plus à côté de lui, sur le lit du festin, qu'une pincée de cendres mêlée de quelques ossements calcinés parmi lesquels brillaient des bracelets et des bijoux d'or, et que des restes informes, tels qu'on les dut découvrir en déblayant la maison d'Arrius Diomèdes.

Il poussa un cri terrible et perdit connaissance.

Le vieillard avait disparu. Le soleil se levait, et la salle ornée tout à l'heure avec tant d'éclat n'était plus qu'une ruine démantelée.

Après avoir dormi d'un sommeil appesanti par les libations de la veille, Max et Fabio se réveillèrent en sursaut, et leur premier soin fut d'appeler leur compagnon, dont la chambre était voisine de la leur, par un de ces cris de ralliement burlesques dont on convient quelquefois en voyage ; Octavien ne répondit pas, pour de bonnes raisons. Fabio et Max, ne recevant pas de réponse, entrèrent dans la chambre de leur ami, et virent que le lit n'avait pas été défait.

« Il se sera endormi sur quelque chaise, dit Fabio, sans pouvoir gagner sa couchette ; car il n'a pas la tête forte, ce cher Octavien ; et il sera sorti de bonne heure pour dissiper les fumées du vin à la fraîcheur matinale.

– Pourtant il n'avait guère bu, ajouta Max par manière de réflexion. Tout ceci me semble assez étrange. Allons à sa recherche. »

Les deux amis, aidés du cicerone, parcoururent toutes les rues, carrefours, places et ruelles de Pompeï, entrèrent dans toutes les maisons curieuses où ils supposèrent qu'Octavien pouvait être occupé à copier une peinture ou à relever une inscription, et finirent par le trouver évanoui sur la mosaïque disjointe d'une petite chambre à demi écroulée. Ils eurent beaucoup de peine à le faire revenir à lui, et quand il eut repris connaissance, il ne donna pas d'autre explication, sinon qu'il avait eu la fantaisie de voir Pompeï au clair de la lune, et qu'il avait été pris d'une syncope qui, sans doute, n'aurait pas de suite.

La petite bande retourna à Naples par le chemin de fer, comme elle était venue, et le soir, dans leur loge, à San Carlo, Max et Fabio regardaient à grand renfort de jumelles sautiller dans un ballet, sur les traces d'Amalia Ferraris, la danseuse alors en vogue, un essaim de nymphes culottées, sous leurs jupes de gaze, d'un affreux caleçon vert monstre qui les faisait ressembler à des grenouilles piquées de la tarentule. Octavien, pâle, les yeux troubles, le maintien accablé, ne paraissait pas se douter de ce qui se passait sur la scène, tant, après les merveilleuses aventures de la nuit, il avait peine à reprendre le sentiment de la vie réelle.

À dater de cette visite à Pompeï, Octavien fut en proie à une mélancolie morne, que la bonne humeur et les plaisanteries de ses compagnons aggravaient plutôt qu'elles ne la soulageaient ; l'image d'Arria Marcella le poursuivait toujours, et le triste dénouement de sa bonne fortune fantastique n'en détruisait pas le charme.

N'y pouvant plus tenir, il retourna secrètement à Pompeï et se promena, comme la première fois, dans les ruines, au clair de lune, le cœur palpitant d'un espoir insensé, mais l'hallucination ne se renouvela pas ; il ne vit que des lézards fuyant sur les pierres ; il n'entendit que des piaulements d'oiseaux de nuit effrayés ; il ne rencontra plus son ami Rufus Holconius ; Tyché ne vint pas lui mettre sa main fluette sur le bras ; Arria Marcella resta obstinément dans la poussière.

En désespoir de cause, Octavien s'est marié dernièrement à une jeune et charmante Anglaise, qui est folle de lui. Il est parfait pour sa femme ; cependant Ellen, avec cet instinct du cœur que rien ne trompe, sent que son mari est amoureux d'une autre ; mais de qui ? C'est ce que l'espionnage le plus actif n'a pu lui apprendre. Octavien n'entretient pas de danseuse ; dans le monde, il n'adresse aux femmes que des galanteries banales ; il a même répondu très froidement aux avances marquées d'une princesse russe, célèbre par sa beauté et sa coquetterie. Un tiroir secret, ouvert pendant l'absence de son mari, n'a fourni aucune preuve d'infidélité aux soupçons d'Ellen. – Mais comment pourrait-elle s'aviser d'être jalouse de Marcella, fille d'Arrius Diomèdes, affranchi de Tibère ?